あかんたれ

松田悦子詩集

土曜美術社出版販売

詩集　あかんたれ＊目次

3

縄文

4

愛

詩集　あかんたれ

1

女

夕日の下で

寝屋川大橋のたもと　薄暗い喫茶店の中
黒い背もたれの椅子に　初老の男と二人向き合っている
十九にもならぬ娘が　一人東京に行くのだと話し出す
どうしても芝居がしたい　火のように熱く燃え盛る娘
男はただ笑っていた

ふと眺めた川面　虹のように光はね　動かない鏡
人が造った運搬の水路　工場から工場に船が行き交い
水路張り巡らされた街　今日去るのだと言い聞かせる

強い心　マグマ吹き上げ
立ち上がる娘
この時から帰る故郷はもうなかった

今　夕日が斜めに差し込み　音の遮断された部屋
家具のない部屋　この小さな囲いに辿り着く
白い壁に　記憶の影を映し　遠い道筋を思い出す

若い娘を　諌めるでもなく　笑っただけの男は
五十代も半ば過ぎに
工場の倒産後に自死　母親が病死した翌年の事だった
病に倒れ明日はないと言う夜　男は母親に会うと明かす
命尽きる女と　どんな会話を交わしたのだろうか
其の後　男は　晴れ晴れとした顔を覗かせた

母親の葬儀の時　いい話があると　したり顔の男
いい話は今度またと　拘りの回路　くるりと巻き込み
男は向こうの世界へと旅立ってしまった

落ちかける夕日に　座り込んでいる
いい話とは何だろう
自分にはきっと解明のつかない世界ではないか
眩しいほどの青春を真っ直ぐに　ひた走りに走ったが
この長い道のりに　意味などが在ったのか
「母ちゃん　泣かせるようなこと　したらあかんで」
当たり前の言葉　背中に括り付け
つまりは　いい話を理解できぬただの堅物な女
しゃがれた　つぶれた声　今も耳に届くのに

答えの出せない　解けない綾　抱え込む
落ちかける夕日が　脳の海馬へ影を差し込む

振動

車のアクセルを踏み込む
頼りなげに
路面の上　ザラザラ　走る
ハンドルにはエンジンの回転音
振り動かせるものが届く

カーテレビでは
裸の男たちが　技をかけあっていて
勝っただの　負けただの

腰と　その背中に　勝負の先が見えている

勝っただの　負けただのと
自分は腰のすわりが悪いから
勝ったためしがない

負けは負けで　重い石を背負い込んで立つけれど
夢を忘れるなと　フッフッ　話す声
耳に届く言葉を頼りに
この負け戦　どれだけ長く続くのか

土俵の際では
裸がくるりと向きを変えて
勝負をつけた先をも　まだ戦っている

また　アクセルを踏み込む
安定した振動の収まりどころを足が探す
古びた車でも　元気に走っている
路面の上を　ザラザラ走っている
前方を向いて　雑木林を向いて
黒々とした林道を真っ直ぐに走っている

板ガラス

映り込んだものが目に飛び込んでくる
ガラスに映し出されたのは　なんと山姥
立ち姿と言い　歩く歩幅と言い
眼をそむけたくなる
老いた女

県道を横切る　人の行き交わない朝の路肩に
走り去る車も　コロナ騒ぎで　とてつもなく急いでいる
そんな街中のビルのガラスに

見てしまったのだ
カタツムリのようにひっそり暮らす女を

板ガラスの中の老いた女は
横柄な　片意地はった　つっけんどんな目線を
向き合った者に　鋭く突き刺した
乱れた髪の　ささくれた髪に
尖った視線をぶつけてきたのだ

昇り始めた太陽を背中に
醜く老いた朝の顔を　ガラスに貼り付け
人と行き交わない道を歩くのだと言いつつ
今日のこの朝に出くわしてしまったのだ
山姥の住居地は

全国一位の外出自粛非協力地だと知らされる
だからなのかガラスに映り込んだのは
確かに頑固そうな老いた女だ
人の促しに耳貸さぬガラスの中の女は
映り込むものを真っ直ぐに睨んでいるのだ

イブの夜　マックに座る

右どなりは　母親と女の子
左どなりは　祖母と男の子

小さな子を向いて真剣に話し合っている
冬休みはどこへ行くの
おじさんの家には行きましたか
それぞれの家の様子を語る家族
今日はクリスマスイブ

年端も行かない幼子が
自分の考えをしきりに主張していた　神のごとく
聴きながら　食後の白い袋を取り出す
痛み止めと胃薬の　カサカサの袋を
これがささやかな相棒と聞き入っている

語る言葉を飲み込んで
闇で蓋をされた戸口を思い出す
しきりに目から水滴
意識もなしにイブの夜と　また水滴
刻んだ文字など　意味を持つ事は無いけれど
冷たい風が煽るとも
閉ざされた戸口を向くけれど
降誕という祝いの日を幼子が元気に笑っているよ

白い服の若者よ

電車の座席
椅子に腰かけるは　白い上下服の若者
ズボンは膝が裂け　襟首だらりのティーシャツ
彼は静かに眠っている
乗り心地の悪いローカル線に体を預けてじっと
私はK[*1]の家に行くために
書き溜めた資料ノートや詩集
再度読み込む為に　とてつもなく長い乗車時間を座る

貴女は言う「物に語らせ言葉で表現」と
あの背中はいつもものを尋ね　聴き取っては書き記す
インドの「ヴェーダ祭り」やっぱり背中は聴き取って
国の若者の真剣な眼差し引き込みずっと立っていたよ

自由学園の羽仁協子氏[*2]　あの背中にも
無言の圧が流れて　事物に対して実に真剣だった
幼児教育なればこそ　大人は次世代を貫けと
Kとは三歳違いの同じ自由学園育ち
実践の厳しさに辟易しながらも
あの指導法を三十七年も遣り通したが
幼き感性は時代の土台になっただろうかと
Kの家には老いを打ち込む背中がまだ在るはずで
言葉のかけら探す為　長い時間が必要なのだと

共に過ごした子どもはもう成人　何処に座っているのか

色あせた服着る若者よ　雨にあったのだろうか
つゆ含みしっとりしているような
しかしもうすぐ歩き出すだろう　昔の幼き者よ
駅についたなら人ごみの中に共に流れ
私は詩を探し自分を探しにKの勉強部屋に行くよ
幼かったものよ　今をただ歩き出せばいいのだから
雨がまだ降っているね　日本の若者よ

＊　K　高良留美子　二〇二一年十二月十二日　自宅にて没
＊　羽仁協子　羽仁進の妹　コダーイ協会会長　二〇一五年没

公園の中に女は…　――二十世紀は婦人と児童の世紀

土に埋めたのは女
輝く数珠玉の言葉を並べ
その唱え文句を　耳に転がし　女は穴を掘る
強権主義　男性清算　女性新生*　新しい女を歩く為に
指し示す道　標語だけが刻まれ　砂漠化した大地に水がない

土に埋められたのは　生まれたばかりの赤子
子は泣いただろうか　光を見ただろうか
母体の中　母の声を一心に聞きつけ　眠る子に雨は無かった

赤々と燃える夕日の　暖かさも届いたはずなのに
人が溢れ　騒ぎ　群れ歩く街中で
育児は母性の私事と　殺めた女達だけに蓋をする

遠い昔「景品つき特価品としての女」と
高々と叫ぶ婦人がいたと言う
百年を経てもなお　女はどんな特価品として陳列されたのか
出産が永遠の課題であり　夢でもあるのに
赤子は女の自立と　自由の選択の　足かせになったのだろうか
一夜か　一月か　契約期間の中の　破格品と見定められた女よ

赤子は　ほんの少し眠ったなら　次の担い手に
玉の赤子として声を上げるはずが
美しい標語を蔑ろにし　何をよりどころに新しい朝を迎えるのか

暗い夜に　未来はないと赤子は泣いているよ

力持つ暖かな大地に
埋められて声もなく死んだ赤子よ
弱い光の差し込む朝までを眠る子よ
とぼとぼと歩く女の背中に　今一度産声を上げ生きておくれ
その女たちの背中強く押せ　朝を歩き出すために

＊　昭和五年　高群逸枝　三十六歳『婦人戦線に立つ』より

律子さんの「かおりうちわ」

誰もいない台所
食事の支度をしていたのだろうか
冷たい床板に　横たえて動かない人がいる
そんな情景を　ほんの今　不意に思い出したのだ
その人を知らない　しかしその人の詩
そんなタイトル名が　ありありと脳裏に浮かんだのだ
あれから随分と長い月日がたつと言うのに

ある日の詩の合評会　作者は静かに丁寧に朗読を始めた

講師はこともなげに批評を始める
修練の積まれた書き手ではある　しかしその奥が見えない
きれいに状況だけをただ述べてあると

婦人は戦争に出て行った人を待って
一生を独り身で過ごした人だ
職業につき自己を支えて暮らしてきた人だ
何十年も　何十年も思う人を向いて生きてきた
耐える時代を選択した人なのだろうか
品格と従順さと　しとやかさ
日本の婦人そのままの人
そして誰にも看取られずに　台所で横たえたという

自分の選択の歯がゆさに揺れる心をなだめ

嵐のような心を抱えるときもあったのでは
混乱期の世の中をたった一人で舟をこぐ
毅然と確かな暮らしを刻んで

日々の営みの場である台所で横たえた人
一人を生きた女の最後の声が聴きたい
詩を飛び越えて凪となった声が聴きたい

カラスの弁当

甘い卵焼きを焼く　薄暗い台所で
五十にもなったカラスが　三十年を飛び越え　帰ってきたのだ
白髪交じりの　ギロギロ目玉
交わす言葉はない

巣立ったはずの　出戻りカラス
どんな心がざわつくのか
長い単身暮らし　手塩にかけたカラス家の離散
それら破綻した紐を　引きずって　帰って来たのだ

甘い選択と人は告げる
しかし　五十にもなって　支えを失ったカラスはどうなるか
ごろりとでも横になり　それでも生きながらえよ
また歩き出せればよい
世の中の幸せなんぞと　多くは望まぬがよい

何百キロを走り飛ばし　古びた家に帰るカラス
この長い月日に　黒い翼も色あせ　不揃いな羽で風を切る
返しきれない負債を背負い　懸命に働くではないか

白いプラスチックの弁当箱に　具材を詰め込む
相も変らぬ貧しい昼食に
「ありがとう！　な」

小さな声　丸まった背中に寂しく届く
――色付きの良い蜜柑　一つを添えて
――甘い卵焼きは好まないのに昔の儘に詰め込む
カラスよ　年が明けたならお前もじいさん
生まれるひ孫の為　もうひと踏ん張り羽ばたけよ！

2 西成

語りだせよ　太郎

太郎は黒い肌の赤子
生まれて直ぐは　白い肌の赤ん坊だったと
場所は西成区三日路町長屋
ハーモニカの様な仕切り壁一枚の長屋で生まれた
真四角な家々が並んでいて
路地裏には小さなお地蔵さまが祭られている
子どもらの声　はちきれんばかりに溢れて
裸電球が灯る夕暮れ時
その通り道には家々から夕食事の臭いが流れた

太郎は父親も母親もいなかった
痩せたおじいちゃんと二人だけの暮らしで
なぜ親がいないのか誰も尋ねない
冬が訪れた或る日　私の三日路町暮らしも始まって
子のいない伯母夫婦の一間切りの平屋に
金切り声の伯母の声　路地裏に響いて
太郎のじいちゃんは優しい老人　無口な人だった
その時　わらび餅を売って生計を立てていたのでは
太郎は腕白でガタイの大きな元気な男の子
或る日　親のいない子がと新聞にも載った
探す母親が北海道に居るらしいと判り
たった一人で出かけた
嬉しげな顔　晴れ晴れした顔　長屋みんなが見送った

しばらくして太郎が帰って来る
探し出す母親のことなど話題にもせず
黙り込んだ少年　身も心も頑な貝の様に言葉がない
語らない時間だけを残して消えてしまった

親元から離された小さな子どもよ
親に受け入れられない太郎が今も忘れられない
どんな道筋を歩いて大人になったのだろうか
星のめぐりと人は言うけれど彼は輝いていたと話して遣りたい
親に会う為　たった一人　あの海峡を渡ったのだから

道

脳裏に映る　小さな影
手にはチョコレート　両手だらりと下げ
足だけを前にと進め　道を行く
それは五歳位の男の子　傍に親らしき人は居ない
力なく前を向いて　君は何処へ行くのか
ひまわり畑と地平線　青い空　広々と広がって
穀物豊かな国から逃れ　何処へ行くのか
半世紀も前に　私も歩いたよ
赤い通園バッグを一つ持たされ

石ころだらけの砂利道を　たった一人で
母親の諭す言葉が頭の中　ぐるぐる回り
我慢しかないと　貴女しかいないのだと呟いて
病んだ母親一人では子を養い切れないのだと
この砂利道をあなたは行きなさいと背中を押す

一家離散の只中にポツンと白い道が見えていて
男の子は誰かの庇護のもと住まいを得るだろうか
大人たちの理不尽な戦争で一人歩くしかないのに
大きな海を漕ぎ出すにはなんと幼い舟か
荒波と風に煽られ無事に漕ぎ出すだろうか
沈まぬようにと支える手があるだろうか
庇護の居ない現実は　半世紀後の今も悲しいのに
拠り所の失せた寂しさに今も震えると言うのに

理不尽な船よ　荒い波よ
どう舵を取れば良いのか
小さな人格と言えども　大人と同じ保護を受けると
全てが平等であると憲章は謳うが　花は咲かない
寄る辺ない身を抱え危うい船を漕ぐしかないのだ
選別された者よ　光あれと声を発し道を歩こうと

西成哀歌

アベノ斎場がけ下の長屋
上と下にと暮らす文化住宅
そのハーモニカ長屋の　半間の戸口と上り階段
病んだ母親は白い布団の中　風が抜けないのです
女の子の頭は　嫌な吹き出ものが溢れ　ジクジク
幼い姉妹は　子熊のように母親の懐で眠っている
此処が道の始まりで　此処が道の分かれ道

一人　高架橋を潜る

一両の南海電車行き交うその高架下で
アメリカ兵に抱き付くように　女がヨロヨロ
真っ赤な唇が歪んで見えていて　目に刻む
同じ長屋の　あの子の母さんと目にしても
人には告げない　会話飛び交う街中に立っていて
眺めて暮らす三角公園角の白い砂利道
昼の日中と言うのに　働かない大人が溢れていて
ナベやカマ　靴だのを地面に並べ売り買いが実に賑やかで
ある日　無口な近隣の女性から声を掛けられる
長崎からの修学旅行の男子学生を一人お願いと
案内の道は　大阪通天閣　食べ物などは口にせず
青年は無口な人の弟だと　姉に会う為に来たのだと話す
姉の勤める遊郭を知らない
その後　造船所に働く男と死んでしまった姉さんとは

青年の白いワイシャツ　小さな子に連れられたワイシャツ
真っ直ぐに歩くその背中と　死んでしまった姉さん
その遊郭に続く線路の終点の　駅が途切れた小店に
病んだ母親が漸く務めた　一杯三十五円の素うどんに
坂道だらだら　養い親の伯母の家から一心に会いに行く
南海電車の高架下を抜けて店のカウンターへ
二階から男の声がする　父親の盆の日に
発する事のない言葉飲み込んで又高架下を潜って帰る

私の西成　心の時計を刻み　今も行き暮れるのです
子どもの声跳びはねる賑やかな路地裏長屋
地蔵祭りに映画会　お菓子だの飲み物が振舞われて
ハチの子の様に騒ぐ　騒ぐ　子どもたち
電柱の灯りポツンと点いて　嬉しげな影が今も見えている

たこ焼き

昭和三十年代の西成区三日路町
連なるハーモニカ長屋
何処か遠くに寂しげに響く　豆腐屋のラッパ
大きなカラス　いそいそと家路へと飛んで行く
冬の夕暮れ時　急ぎ足で走る少女が一人
まだ小学五、六年生の子どもだ
おかっぱ頭のニコニコ顔
小さな手には　笹舟に湯気立つホカホカのたこ焼きが
妹たちが喜ぶのだ　大人しく待っているのだ

連れ合いを失くした母親も待っているのだ
二間だけの家には　新聞配達を終えた兄ちゃんと
言葉の理解も乏しい年子の妹たちが
そしてこれは大事なたこ焼き

学校が引ける夕暮れ時　お店に頼んで手伝った褒美だと
家族が待っている長屋に　風のように大急ぎで持って帰る
外側がカリッと焼けて　甘いソースの匂い
たっぷりまぶされた海苔にカツオ
両の手に大事に大事にと　帰ってくる夕暮れ時
あの冬　父親を事故で亡くし　今また母親は癌で傷はまだ癒えない
兄ちゃんも　姉ちゃんも　一日を生きるために頑張る
小さな妹二人は　この急展開の暮らしが理解できず
冬眠した子熊の様に　横たえた母親の白い布団に潜り込む

辛い冬を耐えられるだろうか　ひたすら静かに　じっと
此の両手いっぱいのたこ焼きを待っている
家族に灯るその暖かな灯りの為にと
姉ちゃんのニコニコ顔は色んなお話も聞かせてくれた
幼子には力強い保護者だった
しかし数えで十九歳の夏　花のつぼみ膨らむ時に
美容師免許も取れたと言うのに　突然死
力の抜けた家の中に　たこ焼きの明かりも消えた
それでもどうしたことか体の内の内から
ふつふつ湧き出るものが今もある
声がするのだ　待っているから　帰ろうよ
たこ焼きを待っているから　走って帰るのだと

3 縄文

ペトログリフ（船橋市二和の線刻画）

地下五メートル
アカホヤ火山灰　鹿児島県沖鬼界カルデラ給源
縄文時代　下総に堆積　侵蝕谷で開析した台地

歩いている　湿地から吹き抜ける風
塩を含んでいるのか　さらりとして　重いもの
小さな谷津に　海からの風　頬を撫でる
そう随分と長い月日　解けない糸　絡ませ此処を歩く
太古からの風が吹き　呼ばれる様に歩くはこの道

谷を見下ろす小舌状台地にそれは眠っていたのだ
標高二十九メートル　此の坂下まで　古くは海
線刻画の施された土器は　鉢型土器　色調は茶褐色
九センチほどの蛇　体くねらせ
今まさに蛙らしきもの
銜え込もうとしている　絵なのだ
どうしてなのだろう　これはまだ大人になり切れぬ
娘が画いたとしか思えなかった
それも恋を知る娘だ　左利きの
もどかしい心を抱えた娘だ

この下総台地の　北端は手賀沼　利根川
東端は東京湾　南端は九十九里浜上総丘陵
台地の真向いには　大きな富士の全景が

真冬時　赤々とした太陽が　山の頂に燦々と輝き
振り向くと月も星も実に大きい　闇の空を見上げて
家路にと急ぐ　一心に働くその道筋に　遺跡は在った

古墳時代までは人が住んだと記録にあるが
あとは馬ばかり
明治の開拓にも　ここに人の手は入らなかった
黒曜石　岩石と近年になって太古の住居跡が見つかる
ペトログリフ　砕かれ　繋ぎ合わされ
今　人の目にふれる
幼い子どもの　人の指導を受けない　無垢な心
暮らしを整え　心を平らに　耳を澄ます
真っ直ぐに生きる　縄文の娘が見えるのだ
繕わずにひたすら岸辺にしゃがんで

言葉も文字もない時間に
細い線で自分の心を写し取る
何千年も土に埋もれて　それは眠って居た
火山が何回も降り積もり　何層もの地層の
その下の下から
怖れを抱えた娘が現れたのだ　大きな力を抱えて
どんぐりの木　葦　小さな川
木立に囲まれた台地は　ただ眠った様な時間を重ねて
今表出したばかりだと語り出す

近代わらべ歌

ホテルのラウンジ　頼むのはコーヒー
お尻　どっかり　それぞれにカゴメカゴメを歌い出す
お尻　三つまでが　連れ合いの人に先立たれたと
お尻　残り一つは生き別れ　黒い沈黙　静かに流れた
――（お尻A）冬　海を見たくなりましてね
――（お尻B）私は分厚い資料　嫌と言うほど飲み込みましてね
黒い沈黙　物語らぬお尻四つ＊　ある映画の場面が　頭に展開

タイトルは『ヴィオレット』――ある作家の肖像
女は歩き出した文字の道を一直線に
その手を添えたのは　ボーヴォワール
進みかねた女　世には受け入れられぬ女の文体
顔が醜いからかと　知力にかけるともささやかれ
名声を得たのはボーヴォワール
女　ささくれた心抱え　野原を駆け抜けるよ
一人　一目散に突き進む　走る　走るヴィオレット

ラウンジに座る女たちの話は止まらない
時代から時代に　物語は次から次へと展開
黒いタキシードのウェイター　ネクタイきりりと鬼の役
お尻の周りを　カゴメカゴメ

それは　それは　恐ろしい　お話　なんだ
古い　古い　お話　なんだ
タキシードなんて怖くない　カゴメカゴメ

コーヒーとお水で
おなか満杯に膨れるほどに　その長いお話は
詩についてのアイロンのかけ方
如何にして詩は詩として成り立つのかと
お尻にもわかる部分とわからぬ部分
カゴメカゴメ　次にお尻を落とすのは誰だ!!

＊　二〇一六年「詩と思想」新年会の帰り（高良留美子氏・麻生直子氏・結城文氏・松田）。二〇二一年十二月十二日、高良留美子氏没

縄文の風

坂月川支流にある　加曽利貝塚（千葉市）
日本最大級と語る遺跡へと歩いてみる
ブナの森に囲まれ　緑の台地広々と
点在した貝塚は北貝塚と南貝塚　時代差二千年
この緩やかな傾斜地に縄文中期から後期に
敷地の穴を幾つも違えて　延々と眠っていたらしい
マガキ　イボイサゴ　ハマグリ
時代が遡る程小さく　近代に行く程に大きくて
復元された住居内に入る　ワンルームの　窓の無い穴倉

縄文の風誘い込みたいと座る
忘れられた黄色い鉛筆
転がしてみても風は誘い込めない

園内の女性職員に声を掛けられる
足踏み出す其の草原に　蜆貝　パラパラと
モグラが地中から掘り出し　縄文の証　地表に転がすと
広い敷地　十パーセント足らずの遺跡で　後は土の中
六十年も掘り進んで　視覚の世界に出るは僅からしい
海に流れる都川の支流　坂月川沿いに眠って暮らした人
縄文の風　まだ吹かない　川を探しに歩く
此処は台地　道を下る　集落周りをぐるりと進むと
背の高い草原に水流れる音　川だとは確信するが
橋なれば見えるはずと高架橋の幹線道路を目指す

排水溝に流れる水　細い川幅にブロックも見えて
陽を向いてカメが四匹　甲羅を干しているのだ
実に気持ちよさげに　仲良く並んで　それは動かない
橋に煽る風が吹いて　帽子を叩く　強く抑えながら
ふっと　亀はこの地を累々と生きて来たのだと
風を受け静かにじっと　橋に立つ人間と同じ様に
ああっ　此処に縄文が在ったのだと　何千年も
小舟操り　食を求めた古代人　命を繋ぎ一日を暮らす
探せない風を抱え　地団駄を踏んで歩いて来たが
内奥の声が語る　女達は何世代も風を抱え歩いたと
亀は二億五千万年生き継いで今に至ると言うのに
実に穏やかな顔して　のんびりと　陽を受けている
この地に生きて　縄文の風受けながら命繋いできたと
生き充ちて今　ここに立つ*と呟いてみる

風が吹いて来る　帽子のつばを強く叩いて

＊　行き病めど　生き充ちて今　ここに立つ　高良留美子句

米　――西の台遺跡より　船橋市西二和

米が来るまで
緩やかな傾斜　その高台に吹き抜ける風　頬を打つ
風　強く吹き　かすかに塩を含む
此処は海岸　男達が帰って来る所
太古　白い波打ち寄せ　青い海原
其処かしこに　ヤマトシジミの　貝殻の山

米が来るまで
今この地に海はない　緩やかな湿地　入り込み葦が茂る

その後　何千年も
馬と小動物だけが行き交う湿地帯として今に至る
鎌ヶ原と名づけられる
平安期の延喜式文献に名があると言う
記された書物に　人家は見えない　米もなかった

人のいない寂しい台地
標高二十七メートル　星　近く
雨水の浸透　台地抉られ　小さな谷津が広がる
人を拒んだ地が　明治から近代と変わると言うのに
米は来なかった　今もコメは来ない
日本列島誕生以前より　人が暮らしたと石が言うのに
小さな蛇と蛙　壺にペトログリフ刻み付けた　縄文の娘が見える
この台地に暮らし　五メートル深くも地中に埋もれて

文字も言葉もなく　伝える手立ての無い　太陽との暮らし
強い風を受けても　負けずに生きた証が　土の中から光り出す
二千個にも及ぶ加工された黒曜石の破片　今出土して
こんな確かな証を前に
どんな風に生きてきたのか　米が来るまで
確かな事実だと石が語るのに　人の消えた台地に言葉はない

光る眼

春　歩くのは人の暮らす集合住宅
風に　はためく洗濯物　跳び跳ねる生活者の声　眼球だけが　歩いた
寂びれた商店街　その突き当りにある公務員住宅
子どもらの声が跳ね　泣き叫ぶ振動　街を突き刺すのに
夏　配送車の大型トラックが　横並びに並んで
それからだ　ぴたりとも声がしない　洗濯干しの衣類も消えて
夏休みになるのに　何処の窓にも　もう灯りが無い
通路としての階段や　非常用の灯りがあっても
人の声　暮らしの気配が　プツリと絶えた

閉められた窓が　黒々と真四角に並んで
それでも残された灯り　無いものだろうかと
なおも歩いているのに　広がるのは人の消えた暗い闇
ある日　一階のベランダ　出入り口が　開いていて
しかし家の中には　灯りが射さない
灯りの消えた部屋に　夜の風を入れているのか
闇の中　白い扇風機　クルクル回る　横には黒い塊
目を凝らして見るが　塊は動かない
――『眼の男』　杉よ！　眼の男よ！（中浜 哲）そんな呟きが届く
今　大杉栄が撲殺された同じ九月　闇に眼を開く男達がまだ居たのだ
生き物の気配を残し　闇の中の闇に　塊のように暮らす人が
大事な所作を守って刑場へと通り過ぎた人　声の失せた死者達よ
そうあれから百年　そんな時間に意味はあるのか
　眼だ　光明だ　固い信念の結晶

強い閃光の輝きだ　大地は黒く　汝のために香る
中浜 哲（1897〜1926）大正のテロリストより
言葉のない黒い塊に　光る男の眼を重ねる
闇なればこそ　物体の無い者は　変幻自在となるのか
たった一人！　誰の一人でいいのだからと
心底　理解し合える同志　得られると　黒い沈黙なればこそと　呟く
行き交う道で　眼を止めて聞いたのだ　白い扇風機がまだ回っていると

＊　中浜 哲（無政府主義者・ギロチン社結成）大正十五年四月十五日処刑。三十歳　秋山 清とは親戚

4

愛

通過点

——キイロイ　クルマ　ノ　パンヤサン
夕暮れ時の住宅街
高く　高く　ワンフレーズの音が届く
一日を待つ耳には　心臓深くにと　呼び覚ました
——キイロイ　クルマ　ノ　パンヤサン
呼びかけて　呼びかけて
路地裏をなめるように　通り過ぎる黄色い車

しゃがみ込んだ体　怖くはないと呟いて
夢待つ時間の　あまりの長さを笑うしかないのだと
しぼんだ花を　まだ捨て切れないでいるのです

　温かなお茶　そっと　飲み終え
　それだけが　望みと　呟く手のひらの皺
　小さな器に　黄色い夢を注いで……

音のない家の中には　パン屋の呼び声　止まったままで
待っているものの声は　どこを探しても行方知れず
問いかけの伝達も　とうに立ち消えて
コトリとも　音なしの　黒い電波発信機の依怙地さよ

怖くはないのです

待つことなどは　もう怖くはないのです

ただ　待ちくたびれた心には
客を呼ぶパン屋の歌声が
夕焼け空に赤く炸裂したのです
何の変哲もない白々とした静かな部屋の中
笑うしかないのだと一人囁いているのです
いつか　いつかと　心の時計が刻むのです

スクランブル交差点

気になったのは　八十代と思われる男と女
交差点の真ん中で　皺深く刻まれた手を重ね
渡り切れるか　渡り切れない速度で
支えあって歩いているのだ
老いた婦人は肩寄せあう男の顔を
優しくのぞき込んでいる
男の人はすっくと前を向いて
上顎を突き出し
二人だけの歩幅を守って真剣に歩いている

その背中に　街中を流れるアナウンスの声
マスクをしなさい　互いに距離をとって歩いてください
都市型自粛という言葉が街に流れて
行き交う人は皆急ぎ足

何時からか　足踏み出す自分の一歩が
絡まりだして　実に重いのだ
速度　歩幅　姿勢など　これはもう壊れたおもちゃ

行き先の定まらぬスクランブル
此処に出くわす人間が怖くなったのだ
あの正体不明の病原体　重くのしかかり
心までが重い
それでも婦人は暖かな眼差しで

夫と共に歩いている
その背中は重い時間を飛び越えて　平和そのもの
ピリピリした繁華街に市の広報宣伝のマイク
――人との距離を取りながら歩いてください
――無用な外出は避けてください

人を愛おしむ目の輝きを忘れ
長い月日が流れるけれど
あの暖かな慈愛溢れる眼差しが今を一心に歩いている
迷いのない背中が歩いている
爽やかな風を残して通り過ぎて行くのだ

ペラペラの背広

石　一人だけの　旅をする
歩く野道に　転がる朝に
朝の光　溢れる小道に　風が煽る

ペラペラの背広　立ち塞ぐ今
見えるのはその背中　いつも影だけが　遠ざかり
それでも石は　小さな出会いを喜んで
懐かしい背中に　無言の挨拶

騒がしい街中よ　溢れ流れる人の声よ
尖った視線ばかりが　渦巻く人ごみに
ひっそりと石は暮らすけれど
時定めたなら　嬉々として旅に出るのだ
今日の野道の　小雨の降る朝に
懐かしい背中　ペラペラの背広を探して
戸口から　戸口を　尋ね歩くのだ
消えそうな影よ　待っておくれと信号を発して
石　息を　深く吸い込み
とぎれとぎれの　歌を今日も口ずさむのだ

――アメガ　ヤンデクレレバ　イイノニ　アメガ

角の折れた白い布団

「おひまですか」
見知らぬ男　声を発した
七色の上着を着こなす人で　座るベンチを二度三度
ぐるりと歩く姿が目に入ってはいたが
暇ではない高層住宅のあの窓を眺めているのだ
「桜が見事で　眺めるにはいい場所ですね」
言葉がまだまだ続くようで
相手には単語のみをきっぱりと告げる

自分は待ったための時間を漸く刻んでいるのにと　突き放す

暇なものよと　小さくぶつぶつ呟くと
年かさの男は　背を向けて歩き出した
此処は高い壁を承知でたどる朝なのだ
愚かな振る舞いだと告げられても歩いているのだ

新しい時間が来て　今日がリニューアルと言う
商業施設のテラスに着く
プロの演者によるタイコ　大太鼓などのパーカッション
それらを耳にとめながら　体　フッフッ　音が駆け巡る
意味のないこの時間が　意味のあることなのだと
春の日差しと　桜散る風に　耳を澄ましなおも座っている
無用な時間を生きる人間も此処にはいると　言い切る

マリーゴールド　三色すみれ
集合住宅の花にもあいさつをして　又歩きだす

自転車駐輪場の出入り口から
自転車に乗って　言葉のない人が走って行く
黒い車体を　ゆっくり進め　漕ぎ出して行く背中
遠いこの地　何が嬉しくて歩くのか　止まっておくれよ

ベランダを見上げると
角が折れたままの布団が　白々と干されていて
大きなシーツも　窓を覆い隠すように風に煽られている
此処に確かな暮らしがあり　今日も元気に生きている
耳には大きなタイコ　激しく連打し　私の歩行を助ける
白い布団にお日様　日に当たり丸く膨らんでいるのだと

怪奇現象

高層住宅のテラスで
何かが動いている
オレンジ色の　こんもりした丸いもの　肉？
判別のつかないものが　見えていて
目を凝らしていると
月の出のように　ジャガイモの頭が
ヌーと出て来た

つまり目にしたのは

生身の赤い背中が　こんもりと見えていたのだ
動きのない上体のまま
テラスの中　トルソーのように固まって

夏だから　暑いから
奇怪な現象に　考えが及ばない
このジャガイモの頭は　いつも異質で
小さな期待を裏切るけれど

遥か地平から昇って来るあの満月
ボタンを掛け違えても
必ずや月を眺めようと待っているのだ
交信はない　意味不明な怪奇現象だけが転がって

流れ星の様な　一瞬に光る光線なども
飛び交うことは無いけれど
またたいて　またたいて
しっかりと立っていようと思うよ
月満ちる　満月まで　待っていようと思うよ

明けきらぬ朝に

――どうかお願い　もう消えておくれ
白髪頭の　歩行の定まらぬ老いた女に
赤いスカートの　幼い女の子が話しかけてくる
時　定めず　少女は不意に話し出す　街へ行こうよ
歩こうよ　ジャガイモの頭に逢いに行こうよ
明けきらぬ朝を　歩きだせよとせがむのだ

――此の体では　もう歩けない
髪振り乱し　皮膚と言う皮膚　崩れ出し

どの顔を引っ提げ　歩けと言うのだ
幼い子よ　貴女は老いることがない
なぜにいつまでも此の体　奮い立たせて歩かせるのか
望みの失せた皮袋　重いだけの水袋を
現世に引きずりだし　どこまでを歩けと言うのか

――笑っているね　スカートをひらひらさせて
貴女にはあの瑠璃光橋が見えるのだね
橋のたもとに暮らす　あのジャガイモが見えているのか
声もなく　温かみもなく　視線さえも消えて
そんなジャガイモに逢いたいと　この道を奮い立てと言うのか
血管の浮き出た手足　バサバサの白い髪
段差を登るにふらつく肢体　骨の音がするよ　ギコギコ

――目をキラキラさせて　スキップしているね
老いを知らぬあなたの家には
歳を重ねぬジャガイモが住んでいて
おしゃべりもしているのだろうか
交信の途絶えた長い月日なんぞ　ものともせずに
楽しい会話がレコード盤の様にまだ回るのか
川沿いを歩きだす道が見えないと言うのに

――待っているよ　必ず来ると　待っているよ
老いたジャガイモにも　日々を明るくする便りが届くように
暮れて行く夕日が　空いっぱいに輝いて
今が今だと　あんなに微笑んでいるのだから
歩こうよ　歩こうよ　ジャガイモの暮らすあの街までを

傷　——戯曲『木に花咲く』別役 実より

暗転
開演五分前のアナウンス
舞台中央には　大きな桜の古木
其処にしゃがみ込む老いた女
その体には光る刃物が突き刺さっている

——芳雄　おまえは　辛かったのだね
白くふやけた脳みそ　おまえは泣いているね
私はあなたに刺されたよ　そう　これがおまえの頭

でも愛しい子よ　だからね　これでいいのだよ！
泣かないでおくれ　これでいいのだから

地面に広がるのは鮮血
舞台緞帳はまだ上がらない
客席も　舞台も　すべて暗転
老いた女のセリフだけが　闇の中に立ち上がり
頭の病んだ孫の芳雄を膝に抱きとって
なおも微笑んでいる女

――いいお日和　…
見てごらん　こんなに美しい朝に　おまえと二人っきり
ほうら　小鳥の声がするよ

演者のセリフを待って　吊り下げられた緞帳がゆっくり動く
暗い　暗い暗転の一点に　観客の視点は釣り上げられて
希釈された愛が　老いた女の口から溢れ出す時
傷口を開いた緞帳は今静かに語りだすのだ
いいお日和　…
見てごらん！　美しい朝　おまえと二人だけの朝
芳雄　おまえは苦しかったんだね

あとがき

連日の暑さ、それでもどうにか朝のウォーキングと六時半のラジオ体操
雨が降らない限り参加。帰宅後に朝食、掃除洗濯。昼食までは詩の勉強、
午後はたっぷりの休息後再び勉強。視力の事もあり、夕食の下ごしらえは
明るいうちに。一人暮らしと言え、暮らしの営みは自分で決めて
こなすしかない。この長い月日を。
さて、人様からしたら、今の世の中、この年齢からしたら
貴女の暮らし、いかがなものかと言われそうだが、笑われてもやっぱり、
今を生きているよと言う詩に出逢えたなら、
いつ終わりがきても応じるつもりだ。
二人に一人、がんを患う時代、災害だの事故だの何があるかも知れず
詩をまとめる時にはこれが最後といつも思いつつ生きて来た。
そしてとうとう喜寿がもうすぐ目の前に迫って。

残念ながら、これぞという詩はまだ書けないし、書けそうにもない。
たぶん「あかんたれ」なのだと思う、しかし交通事故遺児として
自分が置かれた位置を踏ん張って生きたと思うよ、仕事をし、
子どもを育て、素人芝居もやったし、何と言っても、安西均氏に
下手な詩やめればと言われつつ、何時か何時かと書いて来たのだ。
読んでいただくしかない詩。本人は詩が生まれた事への感謝しかない。
意味などないし、何の得にもならぬ詩でも、一歩一歩、
自分の歩幅で歩いた事よと、まずは自己を振り返る。
詩を向いて生きたのが幸せな時間だと。後は読んでくださる方が
一人でもおられたら幸せな事かと。感謝して。
土曜美術社出版販売社主の高木さん、住まいを移してでも東京で頑張る
貴女がおられるから、詩集が出せたと思う、大きな感謝です。
女性が頑張るのは、実に困難な日本。だから良い詩が書けたらと今も思う。

松田悦子

二〇二三年九月四日　十九歳没の美智子姉の命日に

著者略歴

松田悦子（まつだ・えつこ）

1949年　大阪生まれ

詩集『十字路のスクランブル』1988年（私家版）
『ジジ　ババ』1999年（私家版）
『草色の雨』2010年（詩画工房）
『タオの流れ』2015年（土曜美術社出版販売）
『Ti amo』2018年（土曜美術社出版販売）

現住所　〒274-0805　千葉県船橋市二和東 5-21-27

詩集　あかんたれ

発　行　二〇二三年十一月十日

著　者　松田悦子
装　幀　直井和夫
発行者　高木祐子
発行所　土曜美術社出版販売
〒162-0813　東京都新宿区東五軒町三―一〇
電　話　〇三―五二二九―〇七三〇
FAX　〇三―五二二九―〇七三二
振　替　〇〇一六〇―九―七五六九〇九

印刷・製本　モリモト印刷

ISBN978-4-8120-2807-0　C0092